CHARLES NODIER

LE BIBLIOMANE

ILLUSTRATIONS

DE

MAURICE LELOIR

PARIS
LIBRAIRIE L. CONQUET
5, RUE DROUOT
1893

LE

BIBLIOMANE

TIRAGE :

CINQ CENTS EXEMPLAIRES

Nos 1 à 150 sur papier de Chine et Japon.
151 à 500 sur papier vélin du Marais.

N° 250

IMPRIMERIE GÉNÉRALE LAHURE

CHARLES NODIER

LE
BIBLIOMANE

Vingt-quatre compositions

DE MAURICE LELOIR

GRAVÉES SUR BOIS

PAR F. NOËL

PRÉFACE DE R. VALLERY-RADOT

PARIS
LIBRAIRIE L. CONQUET
5, RUE DROUOT, 5

1894

PRÉFACE

En dehors des lettrés, peu de gens connaissent-ils Charles Nodier autrement que par ces mots : l'aimable et le bon Nodier? On se le représente, avec un gilet à fleurs, une redingote à larges revers et surmontée d'un de ces cols que, par un jeu de mots facile, on appelait les cols des vieillards. Nodier en avait un dont les pointes écartées et légèrement prudhommesques remontaient aux coins de sa bouche bienveillante et fine. Mais il est difficile d'associer à ce visage de 1835 la réminiscence immédiate de quelques volumes. Le temps a presque tout emporté. Si Nodier appartenait par ses premières impressions littéraires à l'école classique, il s'était bientôt mêlé, avec son esprit hospitalier, au succès du romantisme.

Il avait su donner très habilement à sa physionomie d'homme placé entre deux âges littéraires un caractère original et plein de bonne grâce. L'histoire devait effacer peu à peu ces teintes et ces nuances. Nodier était en outre un de ces improvisateurs qui semblent causer leurs livres. Les contemporains, en les lisant, croient les entendre encore. Un peu de fantaisie ne fait qu'ajouter à l'imprévu de leurs conversations écrites. Mais quand la voix s'éteint, le charme disparaît.

Il est évident que le lecteur d'aujourd'hui est un peu désorienté en face d'un volume de Nodier. Ainsi que dans ces panoramas militaires où l'on voit une vraie roue de caisson, souvent un vrai canon et un vrai boulet qui se confondent au premier plan avec la toile peinte, on ne sait où s'arrête la réalité, où commence la fiction. Si l'on croit avec trop de candeur à ses souvenirs et à ses études sur les choses de son temps, on se dit à chaque minute : Mais Nodier se trompe, mais tout ce qu'il raconte est improbable, est impossible, l'histoire est toute différente, — jusqu'au moment où l'on a la sagesse de conclure que son œuvre entière devrait porter le titre d'un de ses livres : *Contes et Fantaisies*.

Peut-être serait-il intéressant de démêler dans l'œuvre de Nodier cette part de vrai et de faux et de montrer comment la trame de ses récits disparaissait sous la broderie. En réduisant l'enquête à ce petit livre du *Bibliomane*, extrait des *Contes de la veillée*, — rajeuni à jamais par les illustrations de Maurice Leloir — on peut se donner le plaisir de reconstituer, à l'aide de lettres et de rapprochements, la meilleure, la plus impérieuse manie de Nodier. N'y a-t-il pas, en effet, dès les premières lignes, un résumé de sa passion? S'il quittait la bibliothèque de l'Arsenal, dont il fut nommé bibliothécaire, à la fin de 1823, par un ministre bibliophile, M. de Corbière, c'était pour aller flâner chez les bouquinistes. S'il écrivait à son camarade d'enfance, devenu le confident de sa vie, à son compatriote franc-comtois, Charles Weiss, c'était une litanie d'effusions bibliographiques. Quelque modeste que fût sa fortune, Nodier avait l'incurable manie d'acheter des livres. Le mot et l'adjectif sont de lui. Mais cette manie, disait-il un jour, n'est pas plus vaine en dernier résultat que les autres illusions de la vie. Aussi, tout en poursuivant d'épigrammes le héros de cette nouvelle, — ce bon Théodore, — on sent que Nodier lui est indulgent au fond du cœur. Théodore lui ressemble parfois comme un frère. Mais on ne peut s'empêcher de regretter que Nodier n'ait pas pris le parti absolu de s'amuser à ses propres dépens, ou de prendre en pleine vie réelle un homme qu'il connaissait bien et dont il n'a parlé qu'incidemment.

*
* *

Cet original, ce véritable bibliomane (tandis que le Théodore de Nodier n'est qu'un bibliophile déclassé), fut célèbre sous la Restauration. Il était notaire et s'appelait Boulard. Au lieu d'aimer les rangées solennelles des casiers comme tous ses collègues, il ne se plaisait qu'à loger des livres sur des rayons, à les empiler dans des placards. Tout était bibliothèque dans cette étude singulière qui débordait d'une littérature au rabais. A la fin, ce fut une telle invasion, que Boulard, devenu propriétaire de l'immeuble, expulsa successivement tous ses locataires pour s'emparer de chaque étage et y loger ses livres. Il acheta ensuite six maisons et les transforma en vastes greniers à bouquins. Un jour que Nodier lui demandait je ne sais quel ouvrage, Boulard, passant d'une maison à l'autre, frappa de sa canne les piles, les murailles, les remparts de volumes : « Il est là, ou là, ou là, » disait-il avec une ironie triomphante. Devenu malade et ne pouvant plus sortir, Boulard se faisait apporter des bouquins sur son lit. Il les touchait, les marchandait, les étalait avec amour. Comme il perdait de plus en plus la mémoire, il rachetait trois ou quatre fois le même livre. Sa famille, inquiète de cette fièvre grandissante, mais ne voulant pas s'opposer à l'impétuosité de désirs qui tournaient aux violences des idées fixes, imagina de faire défiler devant lui, comme de nouvelles trouvailles, la plupart de ses livres, de ses vieux livres qu'il ne reconnaissait plus. C'était à chaque instant une surprise joyeuse, et Boulard, après avoir revécu avec délices toute son existence passée, s'endormit pour toujours sur un volume en 1825.

Le souvenir de cette mort inspira sans doute à Nodier le dénouement demi funèbre, demi comique, de son *Bibliomane*. Le bibliomane-type dont il eût été intéressant de suivre la maladie progressive, c'était précisément ce Boulard. Pourquoi s'amuser à esquisser, à l'aide de détails pris à droite et à gauche, un fantoche, quand on avait ce notaire sous la main? Mais c'était toujours le même système : prendre son imagination pour guide. Or l'imagination a ses modes, ses caprices. C'est une erreur pour un écrivain de se faire trop fantaisiste et de ne pas adopter la méthode si simple et si féconde : d'après nature.

Un autre original, que Nodier aurait pu prendre encore, était le Hollandais baron de Westreenen van Tielland. Ce personnage extraordinaire enferma sous triple serrure sa bibliothèque pendant quarante années. Toutefois, un certain jour, il eut un bon sentiment et dit à ses deux meilleurs amis : « Souvent, vous m'avez exprimé le désir de voir mes livres : je veux vous être agréable pourvu que vous vous soumettiez à certaines conditions : avant d'entrer dans ma bibliothèque, vous endosserez chacun une robe de chambre que j'ai commandée tout exprès, car vos vêtements pourraient être imprégnés d'une odeur malfaisante pour les livres ; vous mettrez des pantoufles qui vous attendent, car votre chaussure pourrait être pleine d'une poussière dangereuse. » Mais invariablement le baron trouvait une excuse pour différer cette partie de livres. Il mourut sans avoir tenu sa promesse. Nodier n'aurait pas pu le peindre jusqu'à cette dernière phase : ce bibliomane devait lui survivre quelque temps. Le *Bulletin du bibliophile*, qui doit en partie sa naissance à Nodier, se chargea de l'oraison funèbre et reproduisit le testament du Hollandais. En laissant sa bibliothèque à la ville de La Haye, le baron stipulait que la bibliothèque ne serait ouverte que le premier et le troisième jeudi de chaque mois, et aux seules personnes qui se seraient munies de cartes d'entrée le jour précédent. Jamais, ajoutait-il, et sous aucun prétexte, livres ou manuscrits ne seraient prêtés hors de la salle. Aucun achat ne pourrait être fait en dehors de ceux qu'exigerait l'achèvement des collections commencées par le baron, dont l'ombre inquiète et jalouse semblait vouloir flotter encore au-dessus de ses livres.

Avares dans le sens latin du mot, dans le sens d'avidité ou dans le sens plus moderne d'angoisses de l'homme à qui un songe, un rien, tout fait peur dès qu'il s'agit de ce qu'il possède, il en est de ces bibliomanes comme de ces riches dont on dit qu'ils laissent une grande fortune. Le verbe laisser a un sens un peu ironique. C'est dire qu'ils ont amassé des richesses dont ils n'ont pas beaucoup profité.

***

Le bibliophile est d'une race plus spirituellement égoïste. Il connaît et savoure la joie exquise et délicate que donnent la vue et la possession d'un beau livre. Avant de l'ouvrir, il le caresse, puis il en touche les pages comme il toucherait aux ailes d'un papillon. Pour ne pas trop nous éloigner des figures d'autrefois évoquées par les pages de Nodier, il est un type charmant de bibliophile digne de ce nom : Silvestre de Sacy. Pendant les dix-huit années du règne de Louis-Philippe, Sacy, tout en longeant les quais pour se rendre au Palais-Bourbon où il suivait en journaliste les débats parlementaires, emportait presque toujours un choix des lettres de Mme de Sévigné. Quand il revenait chez lui, il prenait sur un rayon de sa bibliothèque, à portée de sa main, Montaigne, Bossuet, ou quelque classique, dans des reliures dignes d'eux. Cette lecture journalière augmentait son mélange de christianisme et de philosophie. Mais, comme il n'aimait que les éditions irréprochables, il avait peur des hommes d'argent, accapareurs de beaux livres. *Multi vocati, pauci lecti*, beaucoup d'appelés et peu de lus, c'était déjà ce que d'Argenson proposait d'inscrire au-dessus de la bibliothèque d'un fermier général. Sacy, en songeant à tel ou tel volume qu'il guettait à la veille d'une vente et qu'il craignait de ne pouvoir disputer à la fantaisie, au caprice d'un financier, avait des battements de cœur. « Ce chrétien, que l'on serait tenté d'appeler austère, écrivait

Prévost-Paradol, si le mot d'austérité pouvait convenir à tant de tolérance et à une si parfaite douceur, devenait une sorte d'épicurien en ce qui touchait ses lectures. »

L'amour des livres tenait une telle place dans sa vie, que, lorsqu'on lui demanda un autographe pour le joindre à un de ses portraits lithographiés, — où il revit paisible, malicieux et bienveillant tout à la fois, en bourgeois de la vraie race lettrée et libérale, — il ne put s'empêcher de déclarer, dans une demi-page reproduite en fac-similé, que de toutes les passions celle qu'avait le bibliophile était encore la meilleure. La fatigue de ses yeux ne découragea pas sa tendresse ardente pour les livres. N'a-t-il pas dit, dans une de ses confidences qui sont le charme de sa critique : « Je deviendrais aveugle que j'aurais encore, je crois, du plaisir à tenir dans mes mains un beau livre. Je sentirais du moins le velouté de sa reliure et je m'imaginerais le voir. J'en ai tant vu ! »

« O mes chers livres, écrivait-il à propos de la dispersion d'une bibliothèque, un jour viendra aussi où vous serez étalés sur une table de vente, où d'autres vous achèteront et vous posséderont, possesseurs moins dignes de vous peut-être que votre maître actuel. Ils sont bien à moi pourtant, ces livres, je les ai tous choisis un à un, rassemblés à la sueur de mon front, et je les aime tant! Il semble que, par un si long et si doux commerce, ils sont devenus comme une portion de mon âme! »

Voilà le vrai bibliophile qui aime les livres comme il faut les aimer, pour vivre avec eux, leur demander conseil, puis, par un juste retour, les soigner, les protéger, les défendre contre leurs ennemis. Ils en ont beaucoup. Un typographe anglais énumérait un jour ceux qui les menaçaient : « Le feu, disait-il, l'eau, le gaz, la chaleur, la poussière, la négligence, l'ignorance, les rats, les souris, et enfin les relieurs, » ajoutait-il avec la colère d'un homme qui avait dû avoir un livre précieux déplorablement rogné. Ce typographe aurait pu signaler un ennemi plus dangereux encore, le plus difficile à vaincre, ennemi de tous les jours, de toutes les heures, furetant partout, décidé à toutes les luttes ouvertes ou à toutes les ruses sournoises : la femme.

En dehors de rares et très nobles exceptions, les femmes sont antibibliophiles. Un livre, à leurs yeux, n'est pas plus qu'un journal : elles le plient, elles le froissent, elles le retournent. Un coupe-papier manque-t-il? elles prennent une carte, une épingle, même une épingle à cheveux. S'agit-il de livres rares? le moindre bibelot les intéresse plus que toutes les premières éditions. Elles préfèrent un bout de ruban à la plus exquise reliure. Ne leur confiez pas, en le retirant du rayon sacré qu'un bibliophile appelait le reliquaire, un petit livre à faire pâlir de joie : elles l'ouvriraient en lui cassant le dos. Le meilleur des maris peut donner la clef de son coffre-fort à sa femme; il ne doit pas lui donner la clef de sa bibliothèque. Il ne faut jamais laisser une femme seule avec un livre. Tels devraient être les principes de presque tous les bibliophiles mariés.

Nodier disait des livres que c'était la plus délicieuse de toutes les choses du monde après les femmes. Que les femmes se mettent donc à les connaître, à les aimer et, par ce moyen, à obtenir plus de pouvoir encore!

*
* *

Après le bibliomane qui entasse et le bibliophile qui choisit, selon deux mots très justes de Nodier, se place l'amateur de bouquins. Nodier et Sacy lui donnaient le terme assez impropre de bouquiniste. Leur titre d'académicien aurait dû leur faire dire bouquineur, pour éviter toute confusion. Mais bouquiniste avait sans doute à leurs oreilles une sonorité dédaigneuse qui leur plaisait. Ah! que Sacy méprisait ce collecteur de livres salis, dépareillés, bons à mettre au lazaret, s'il y avait un lazaret pour les livres.

« Je le connais, s'écriait-il avec colère, cet amateur de livres à trois sous, à cinq sous tout au plus, à six les jours de folie. Homme d'esprit et de goût en toute autre chose, galant homme et d'un aimable commerce, il n'a l'esprit et le goût dépravés qu'en fait de livres. »

Ceux qui auraient la curiosité de savoir le nom de ce galant homme au défaut le moins pardonnable pourraient le retrouver dans un petit livre de mémoires, écrit par un rédacteur au *Journal des Débats*, Étienne Delécluze. Rien n'était plus amusant, dit-il, que les querelles qui s'élevaient entre Sacy et Saint-Marc Girardin au sujet des livres : l'un ne trouvant pas d'impressions et de reliures assez belles pour témoigner l'admiration que lui inspirent les ouvrages de Cicéron, de Bossuet, de Fénelon et de Montaigne ; l'autre, peu soucieux de la condition extérieure d'un volume, mais avide de connaître ce qu'il contient. Plus d'une fois ces deux charmants esprits ont donné la comédie, lorsque au ton goguenard avec lequel Saint-Marc prononçait le nom de bibliophile, Sacy, avec sa gaieté pleine de verve, répondait à son ami : « Vous n'êtes qu'un bouquiniste ! »

Pendant que toutes ces images disparues flottent ainsi, entre les lignes du *Bibliomane*, il est une physionomie de philosophe bouquineur plus rapprochée de nous et que tous les habitués des quais ont bien souvent entrevue. C'était Xavier Marmier. Il marchait à petits pas, allant de boîte en boîte, ce grand voyageur du temps jadis qui n'avait plus d'autre joie que les excursions le long des étalages des bouquinistes. Un peu cassé par ses quatre-vingts ans, le regard doux et spirituel, la lèvre inférieure tombante, empreinte à la fois d'un léger scepticisme et d'une extrême bienveillance, il feuilletait, marchandait, glissait dans son paletot bleu à poches profondes deux ou trois volumes.

« Je viens d'acheter un de mes propres ouvrages, me dit-il un jour avec un air de triomphe. C'est une première édition. Oh! ce titre de première n'ajoute pas grand'chose à la valeur du livre. Mais ces *Lettres sur le Nord* frissonnaient depuis longtemps dans cette boîte, elles avaient passé tant de semaines à la même place que j'en ai eu pitié. »

Et, avec une gaieté franc-comtoise, Marmier me raconta que le vendeur — un gamin qui, par extraordinaire, ne le connaissait pas — avait voulu lui faire payer l'exemplaire deux francs.

« Deux francs! s'écria Marmier.

— Oui, monsieur, c'est ce que cela vaut. C'est du Marmier.

— Hum! hum! je connais ce que c'est que du Marmier. Cela ne vaut pas deux francs.

— Mais, monsieur, il est de l'Académie française.

— En es-tu bien sûr?

— Oui, monsieur, c'est sur la couverture.

— Mais est-ce qu'il n'est pas mort depuis longtemps?

— Je ne sais pas. Peut-être bien.

— Vois-tu, répliqua Marmier, qu'il soit mort ou vivant, Marmier ne vaut pas plus de trente sous.

— Eh bien! prenez-le. »

Et Marmier l'emportait tout heureux, se réservant de l'offrir à quelque vieil ami, « qui ne le revendra peut-être pas dès demain », ajouta-t-il.

Cher et excellent homme, qui, à force de chercher dans toutes ces boîtes, avait trouvé la vraie sagesse : n'être pas dupe et rester indulgent. « Ah! le bouquinage, c'est la meilleure passion que je vous souhaite », me disait-il la dernière fois que je le vis, faible, marchant à peine, et envisageant la mort avec douceur.

Bouquinistes, bibliophiles et bibliomanes, tous vivent heureux de cette passion et la bénissent. Charles Nodier en a si bien connu les délicieux tourments, que, peu d'heures avant de mourir, sa dernière préoccupation, — ainsi que l'a écrit sa fille, Mme Mennessier-Nodier, dans le livre qu'elle lui a pieusement consacré, — fut de dicter une note des dettes légères qu'il avait contractées chez ses relieurs et son marchand de vieux livres.

Par une pensée délicate, M. Conquet a voulu que ce petit livre du *Bibliomane*, — où l'on semble voir briller à certains passages les éclairs d'ironie d'un auteur qui s'amuse à faire les honneurs de sa propre personne, — parût cinquante ans, jour pour jour, après la mort de Nodier. N'était-ce pas le plus charmant hommage que l'on pût rendre à cette mémoire à demi effacée?

R. Vallery-Radot.

Vous avez tous connu ce bon Théodore, sur la tombe duquel je viens jeter des fleurs, en priant le ciel que la terre lui soit légère.

Ces deux lambeaux de phrase, qui sont aussi de votre connaissance, vous annoncent assez que je me propose de lui consacrer quelques pages de notice nécrologique ou d'oraison funèbre.

Il y a vingt ans que Théodore s'était retiré du monde pour travailler ou pour ne rien faire : lequel des deux, c'était un grand secret. Il songeait, et l'on ne savait à quoi il songeait. Il passait sa vie au milieu des livres, et ne s'occupait que de livres, ce qui avait donné lieu à quelques-uns de penser qu'il composait un livre qui rendrait tous les livres inutiles ; mais ils se trompaient évidemment. Théodore avait tiré trop bon parti de ses études pour ignorer que ce livre est fait il y a trois cents ans. C'est le treizième chapitre du livre premier de Rabelais.

Théodore ne parlait plus, ne riait plus, ne jouait plus, ne mangeait plus, n'allait plus ni au bal, ni à la comédie. Les femmes qu'il avait aimées dans sa jeunesse n'attiraient plus ses regards, ou tout au plus il ne les regardait qu'au pied ; et quand une chaussure élégante de quelque brillante couleur avait frappé son attention : — Hélas ! disait-il en

tirant un gémissement profond de sa poitrine, voilà bien du maroquin perdu !

Il avait autrefois sacrifié à la mode : les mémoires du temps nous apprennent qu'il est le premier qui ait noué la cravate à gauche, malgré l'autorité de Garat qui la nouait à droite, et en dépit du vulgaire qui s'obstine encore aujourd'hui à la nouer au milieu.

Théodore ne se souciait plus de la mode. Il n'a eu pendant vingt ans qu'une dispute avec son tailleur : — Monsieur, lui dit-il un jour, cet habit est le dernier que je reçois de vous, si l'on oublie encore une fois de me faire des poches *in-quarto*.

La politique, dont les chances ridicules ont créé la fortune de tant de sots, ne parvint jamais à le distraire plus d'un moment de ses méditations. Elle le mettait de mauvaise humeur, depuis les folles entreprises de Napoléon dans le Nord, qui avaient fait enchérir le cuir de Russie. Il approuva cependant l'intervention française dans les révolutions d'Espagne. —

C'est, dit-il, une belle occasion pour rapporter de la Péninsule des romans de

chevalerie et des *Cancioneros*. — Mais l'armée expéditionnaire ne s'en avisa nullement, et il en fut piqué. Quand on lui parlait *Trocadero*, il répondait ironiquement *Romancero*, ce qui le fit passer pour libéral.

La mémorable campagne de M. de Bourmont sur les côtes d'Afrique le transporta de joie. — Grâce au ciel, dit-il en se frottant les mains, nous aurons les maroquins du Levant à bon marché ; — ce qui le fit passer pour carliste.

Il se promenait l'été dernier dans une rue populeuse, en collationnant un livre. D'honnêtes citoyens, qui sortaient du cabaret d'un pied titubant, vinrent le prier, le couteau sur la gorge, au nom de la liberté des opinions, de crier : *Vivent les Polonais !* — Je ne demande pas mieux, répondit Théodore, dont la pensée était un cri éternel en faveur du genre humain, mais pourrais-je vous demander à quel propos ? — Parce que nous déclarons la guerre à la Hollande qui opprime les Polonais, sous prétexte qu'ils n'aiment pas les jésuites, repartit l'ami des lumières, qui était un rude géographe et un intrépide logicien. — Dieu nous

pardonne ! murmura notre ami, en croisant piteusement les mains. Serons-nous donc réduits au prétendu papier de Hollande de M. Montgolfier ?

L'homme éminemment civilisé lui cassa la jambe d'un coup de bâton.

Théodore passa trois mois au lit à com-

pulser des catalogues de livres. Disposé comme il l'a toujours été à prendre les émotions à l'extrême, cette lecture lui enflamma le sang.

Dans sa convalescence même son sommeil était horriblement agité. Sa femme le réveilla une nuit au milieu des angoisses

du cauchemar. Vous arrivez à propos, lui dit-il en l'embrassant, pour m'empêcher de mourir d'effroi et de douleur. J'étais entouré de monstres qui ne m'auraient point fait de quartier.

— Et quels monstres pouvez-vous redouter, mon bon ami, vous qui n'avez jamais fait de mal à personne?

— C'était, s'il m'en souvient, l'ombre de Purgold dont les funestes ciseaux mordaient d'un pouce et demi sur les marges de mes aldes brochés, tandis que celle d'Heudier plongeait impitoyablement dans un acide dévorant mon plus beau volume d'édition *princeps*, et l'en retirait tout blanc; mais j'ai de bonnes raisons de penser qu'ils sont au moins en purgatoire.

Sa femme crut qu'il parlait grec, car il savait un peu le grec, à telles enseignes que trois tablettes de sa bibliothèque étaient chargées de livres grecs dont les feuilles n'étaient pas fendues. Aussi ne les ouvrait-il jamais, se contentant de les montrer à ses plus privées connaissances, par le plat et par le dos, mais en indiquant le lieu de l'impression, le nom de l'imprimeur et la date, avec une imperturbable assurance. Les simples en concluaient qu'il était sorcier. Je ne le crois pas.

Comme il dépérissait à vue d'œil, on appela son médecin, qui était, par hasard, homme d'esprit et philosophe. Vous le trouverez si vous pouvez. Le docteur reconnut que la congestion cérébrale était imminente, et il fit un beau rapport sur cette maladie dans le *Journal des Sciences médicales*, où elle est désignée sous le nom de *monomanie du maroquin*, ou de *tiphus des bibliomanes*; mais il n'en fut pas question à l'Académie des sciences, parce qu'elle se trouva en concurrence avec le *choléra-morbus*.

On lui conseilla l'exercice, et comme cette idée lui souriait, il se mit en route l'autre jour de bonne heure. J'étais trop peu rassuré pour le quitter d'un pas. Nous nous dirigeâmes du côté des quais, et je m'en réjouis, parce que j'imaginai que la vue de la rivière le récréerait; mais il ne détourna pas ses regards du niveau des parapets. Les parapets étaient aussi lisses d'étalages que s'ils avaient été visités dès le matin par les défenseurs de la presse, qui ont noyé en février la bibliothèque de l'Archevêché. Nous fûmes plus heureux au quai aux Fleurs. Il y avait profusion de bouquins; mais quels bouquins! Tous les ouvrages dont les journaux ont dit du bien depuis un mois, et

qui tombent là infailliblement dans la case à cinquante centimes, du bureau de rédaction ou du fonds de libraire. Philosophes, historiens, poètes, romanciers, auteurs de tous les genres et de tous les formats, pour qui les annonces les plus pompeuses ne sont que les limbes infranchissables de l'immortalité, et qui passent, dédaignés, des tablettes du magasin aux margelles de la Seine, Léthé profond d'où ils contemplent, en moisissant, le terme assuré de leur présomptueux essor. Je déployais là les pages satinées de mes *in-octavo*, entre cinq ou six de mes amis.

Théodore soupira, mais ce n'était pas de voir les œuvres de mon esprit exposées à la pluie, dont les garantit mal l'officieux balandran de toile cirée.

— Qu'est devenu, dit-il, l'âge d'or des bouquinistes en plein vent? C'est ici pourtant que mon illustre ami Barbier avait colligé tant de trésors, qu'il était parvenu à en composer une bibliographie spéciale de quelques milliers d'articles.

C'est ici que prolongeaient, pendant des heures entières, leurs doctes et fruc-

tueuses promenades, le sage Monmerqué en allant au Palais, et le sage Labouderie en sortant de la métropole. C'est d'ici que le vénérable Boulard enlevait tous les jours un mètre de raretés, toisé à sa canne de mesure, pour lequel ses six maisons pléthoriques de volumes n'avaient pas de place en réserve. Oh! qu'il a de fois désiré, en pareille occasion, le modeste *angulus* d'Horace ou la capsule élastique de ce pavillon des fées qui aurait couvert au besoin l'armée de Xerxès, et se portait aussi commodément à la ceinture que la gaine aux couteaux du grand-père de Jeannot! Maintenant, quelle pitié! vous n'y voyez plus que les ineptes rogatons de cette littérature moderne qui ne sera jamais de la littérature ancienne, et dont la vie s'évapore en vingt-quatre heures, comme celle des mouches du fleuve Hypanis : littérature bien digne en effet de l'encre de charbon et du papier de bouillie que lui livrent à regret quelques typographes honteux, presque aussi sots que leurs livres! Et c'est profaner le nom des livres que de le donner à ces guenilles barbouillées de noir qui n'ont presque pas changé de destinée en quittant la hotte aux haillons du chiffonnier! Les quais ne sont désormais que la Morgue des célébrités contemporaines!

Il soupira encore, et je soupirai aussi, mais ce n'était pas pour la même raison.

J'étais pressé de l'entraîner, car son exaltation qui croissait à chaque pas semblait le menacer d'un accès mortel. Il fallait que ce fût un jour néfaste, puisque tout contribuait à aigrir sa mélancolie.

— Voilà, dit-il en passant, la pompeuse façade de Ladvocat, le Galiot du Pré des lettres abâtardies du dix-neuvième siècle, libraire industrieux et libéral, qui aurait mérité de naître dans un meilleur âge mais dont l'activité déplorable a cruellement multiplié les livres nouveaux au préjudice éternel des vieux livres; fauteur

impardonnable à jamais de la papeterie de coton, de l'orthographe ignorante et de la vignette maniérée, tuteur fatal de la prose académique et de la poésie à la mode; comme si la France avait eu de la poésie depuis Ronsard et de la prose depuis Montaigne! Ce palais de bibliopole est le cheval de Troie qui a porté tous les ravisseurs du palladium, la boîte de Pandore qui a donné passage à tous les maux de la terre! J'aime encore le cannibale, et je ferai un chapitre dans son livre, mais je ne le verrai plus!

Voilà, continua-t-il, le magasin aux vertes parois du digne Crozet, le plus aimable de nos jeunes libraires, l'homme de Paris qui distingue le mieux une reliure de Derome l'aîné d'une reliure de Derome le jeune, et la dernière espérance de la dernière génération d'amateurs, si elle s'élève encore au milieu de notre barbarie; mais je ne jouirai pas aujourd'hui de son entretien, dans lequel j'apprends toujours quelque chose! Il est en Angleterre où il dispute, par juste droit de représailles, à nos avides envahisseurs de Soho-Square et de Fleet-Street les précieux débris des monuments de notre belle langue, oubliés depuis deux siècles sur la terre ingrate qui les a produits! *Macte animo, generoso puer!...*

Voilà, reprit-il en revenant sur ses

pas, voilà le Pont-des-Arts, dont l'inutile balcon ne supportera jamais, sur son garde-fou ridicule de quelques centimètres de largeur, le noble dépôt de l'*in-folio* triséculaire qui a flatté les yeux de dix générations de l'aspect de sa couverture en peau de truie et de ses fermoirs de bronze; passage profondément emblématique, à la vérité, qui conduit du château à l'Institut par un chemin qui n'est pas celui de la science. Je ne sais si je me trompe, mais l'invention de cette espèce de pont devait être pour l'érudit une révélation flagrante de la décadence des bonnes lettres.

Voilà, dit toujours Théodore en passant sur la place du Louvre, la blanche enseigne d'un autre libraire actif et ingénieux ; elle a longtemps fait palpiter mon cœur, mais je ne l'aperçois plus sans une émotion pénible, depuis que Techener s'est avisé de faire réimprimer avec les caractères de Tastu, sur un papier éblouissant et sous un cartonnage coquet, les gothiques merveilles de Jehan Bonfons de Paris, de Jehan Mareschal de Lyon, et de Jehan de Chaney d'Avignon, bagatelles introuvables qu'il a multipliées en délicieuses contrefaçons. Le papier d'un blanc neigeux me fait horreur, mon ami, et il n'est rien que je ne lui préfère, si ce n'est ce qu'il devient quand il a reçu, sous le coup de barre d'un bourreau de pressier, l'empreinte déplorable des rêveries et des sottises de ce siècle de fer.

Théodore soupirait de plus belle; il allait de mal en pis.

Nous arrivâmes ainsi dans la rue des Bons-Enfants, au riche bazar littéraire des ventes publiques de Silvestre, local honoré des savants, où se sont succédé en un quart de siècle plus d'inappréciables curiosités que n'en renferma jamais la bibliothèque des Ptolémées, qui n'a peut être pas été brûlée par Omar, quoi qu'en disent nos radoteurs d'historiens. Jamais je n'avais vu étaler tant de splendides volumes.

— Malheureux ceux qui les vendent! dis-je à Théodore.

— Ils sont morts, répondit-il, ou ils en mourront.

Mais la salle était vide. On n'y remarquait plus que l'infatigable M. Thour, facsimilant avec une patiente exactitude, sur des cartes soigneusement préparées, les titres des ouvrages qui avaient échappé la veille à son investigation quotidienne. Homme heureux entre tous les hommes, qui possède, dans ses cartons, par ordre de matières, l'image fidèle du frontispice de tous les livres connus! C'est en vain, pour celui-là, que toutes les productions de l'imprimerie périront dans la première et prochaine révolution que les progrès de la perfectibilité nous assurent. Il pourra léguer à l'avenir le catalogue complet de la bibliothèque universelle. Il y avait certainement un tact admirable de prescience à prévoir de si loin le moment où il serait temps de compiler l'inventaire de la civilisation. Quelques années encore, et l'on n'en parlera plus.

— Dieu me pardonne! brave Théodore, dit l'honnête M. Silvestre, vous vous êtes trompé d'un jour. C'était hier la dernière vacation. Les livres que vous voyez sont vendus et attendent les porteurs.

Théodore chancela et blêmit. Son front prit la teinte d'un maroquin-citron un peu usé. Le coup qui le frappa retentit au fond de mon cœur.

— Voilà qui est bien, dit-il d'un air

atterré. Je reconnais mon malheur accoutumé à cette affreuse nouvelle! Mais encore, à qui appartiennent ces perles, ces diamants, ces richesses fantastiques dont la bibliothèque des de Thou et des Grolier se serait fait gloire?

— Comme à l'ordinaire, monsieur, répliqua M. Silvestre. Ces excellents classiques d'édition originale, ces vieux et parfaits exemplaires autographiés par des érudits célèbres, ces piquantes raretés philologiques dont l'Académie et l'Université n'ont pas entendu parler, revenaient de droit à sir Richard Heber. C'est la part du lion anglais, auquel nous cédons de bonne grâce le grec et le latin que nous ne savons plus. — Ces belles collections d'histoire naturelle, ces chefs-d'œuvre de méthode et d'iconographie sont au prince de..., dont les goûts studieux ennoblissent encore, par son emploi, une noble et immense fortune. — Ces mystères du moyen âge, ces moralités phénix dont le ménechme n'existe nulle part, ces curieux essais dramatiques de nos aïeux vont augmenter la bibliothèque modèle de M. de Soleine. — Ces facéties anciennes, si sveltes, si élégantes, si mignonnes, si bien conservées, composent le lot de votre aimable et ingénieux ami, M. Aimé-Martin. — Je n'ai pas besoin de vous dire à qui appartiennent ces maroquins frais et brillants, à triples filets, à larges dentelles, à fastueux compartiments. C'est le Shakespeare de la petite propriété, le Corneille du mélodrame, l'interprète habile et souvent éloquent des passions et des vertus du peuple, qui, après les avoir un peu déprisés le matin, en a fait le soir emplette au poids de l'or, non sans gronder entre ses dents, comme un sanglier blessé à mort, et sans tourner sur ses compétiteurs son œil tragique ombragé de noirs sourcils.

Théodore avait cessé d'écouter. Il ve-

nait de mettre la main sur un volume d'assez bonne apparence, auquel il s'était empressé d'appliquer son elzéviriomètre, c'est-à-dire le demi-pied divisé presque à l'infini, sur lequel il réglait le prix, hélas! et le mérite intrinsèque de ses livres. Il le rapprocha dix fois du livre maudit, vérifia dix fois l'accablant calcul, murmura quelques mots que je n'entendis pas, changea de couleur encore une fois, et défaillit dans mes bras. J'eus beaucoup de peine à le conduire au premier fiacre venu.

Mes instances pour lui arracher le secret de sa subite douleur furent longtemps inutiles. Il ne parlait pas. Mes paroles ne lui parvenaient pas. C'est le typhus, pensai-je, et le paroxysme du typhus.

Je le pressais dans mes bras. Je continuais à l'interroger. Il parut céder à un mouvement d'expansion.

— Voyez en moi, me dit-il, le plus malheureux des hommes! Ce volume, c'est le Virgile de 1676, en grand papier, dont je pensais avoir l'exemplaire géant, et il l'emporte sur le mien d'un tiers de ligne de hauteur. Des esprits ennemis ou prévenus pourraient même y

trouver la demi-ligne. Un tiers de ligne, grand Dieu!

Je fus foudroyé. Je compris que le délire le gagnait.

— Un tiers de ligne! répéta-t-il en menaçant le ciel d'un poing furieux, comme Ajax ou Capanée. Je tremblais de tous mes membres.

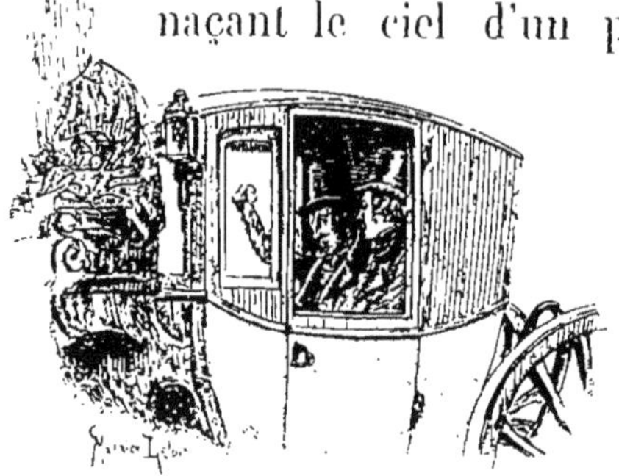

Il tomba peu à peu dans le plus profond abattement. Le pauvre homme ne vivait plus que pour souffrir. Il reprenait seulement de temps à autre : — Un tiers de ligne! en se rongeant les mains. — Et je redisais tout bas : — Foin des livres et du typhus!

— Tranquillisez-vous, mon ami, soufflais-je tendrement à son oreille, chaque fois que la crise se renouvelait. Un tiers de ligne n'est pas grand'chose dans les affaires les plus délicates de ce monde!

— Pas grand'chose, s'écriait-il, un tiers

de ligne au Virgile de 1676! C'est un tiers de ligne qui a augmenté de cent louis le prix de l'Homère de Nerli chez M. de Cotte. Un tiers de ligne! Ah! compteriez-vous pour rien un tiers de ligne du poinçon qui vous perce le cœur?

Sa figure se renversa tout à fait, ses bras se roidirent, ses jambes furent saisies d'une crampe aux ongles de fer. Le typhus gagnait visiblement les extrémités. Je n'aurais pas voulu être obligé d'allonger d'un tiers de ligne le court chemin qui nous séparait de sa maison.

Nous arrivâmes enfin.

— Un tiers de ligne! dit-il au portier.

— Un tiers de ligne! dit-il à la cuisinière qui vint ouvrir.

— Un tiers de ligne! dit-il à sa femme, en la mouillant de ses pleurs.

— Ma perruche s'est envolée! dit sa petite fille, qui pleurait comme lui.

— Pourquoi laissait-on la cage ou-

verte? répondit Théodore. — Un tiers de ligne!

— Le peuple se soulève dans le Midi,

et à la rue du Cadran, dit la vieille tante qui lisait le journal du soir.

— De quoi diable se mêle le peuple?

répondit Théodore. — Un tiers de ligne!

— Votre ferme de la Beauce a été incendiée, lui dit son domestique en le couchant.

— Il faudra la rebâtir, répondit Théodore, si le domaine en vaut la peine. — Un tiers de ligne!

— Pensez-vous que cela soit sérieux? me dit la nourrice.

— Vous n'avez donc pas lu, ma bonne, le *Journal des Sciences médicales*? Qu'attendez-vous d'aller chercher un prêtre?

Heureusement le curé entrait au même instant pour venir causer, suivant l'usage, de mille jolies broutilles littéraires et bibliographiques, dont son bréviaire ne l'avait jamais complètement distrait, mais il n'y pensa plus quand il eut tâté le pouls de Théodore.

— Hélas! mon enfant, lui dit-il, la vie de l'homme n'est qu'un passage, et le monde lui-même n'est pas affermi sur des fondements éternels. Il doit finir comme tout ce qui a commencé.

— Avez-vous lu, sur ce sujet, répondit

Théodore, le Traité *de son origine et de son antiquité* ?

— J'ai appris ce que j'en sais dans la Genèse, reprit le respectable pasteur ; mais j'ai ouï dire qu'un sophiste du siècle dernier, nommé M. de Mirabeau, a fait un livre à ce sujet.

— *Sub judice lis est*, interrompit brusquement Théodore. J'ai prouvé dans mes *Stromates* que les deux premières parties du *monde* étaient de ce triste pédant de Mirabeau, et la troisième de l'abbé le Mascrier. — Eh ! mon Dieu, reprit la vieille tante en soulevant ses lunettes, qui est-ce donc qui a fait l'Amérique ?

— Ce n'est pas de cela qu'il est question, continua l'abbé. Croyez-vous à la Trinité ?

— Comment ne croirais-je pas au fameux volume *de Trinitate* de Servet, dit Théodore en se relevant à mi-corps sur son oreiller, puisque j'en ai vu céder, *ipsissimis oculis*, pour la modique somme de deux cent quinze francs, chez M. de Mac Carthy, un exemplaire que celui-ci avait payé sept cents livres à la vente de La Vallière?

— Nous n'y sommes pas, exclama l'apôtre un peu déconcerté. Je vous demande, mon fils, ce que vous pensez de la divinité de Jésus-Christ.

— Bien, bien, dit Théodore. Il ne s'agit que de s'entendre. Je soutiendrai envers et contre tous que le *Toldos-jeschu*, où cet ignorant pasquin de Voltaire a puisé tant de sottes fables, dignes des

Mille et une Nuits, n'est qu'une méchante ineptie rabbinique, indigne de figurer dans la bibliothèque d'un savant!

— A la bonne heure! soupira le digne ecclésiastique.

— A moins qu'on n'en retrouve un jour, continua Théodore, l'exemplaire *in chartâ maximâ* dont il est question, si j'ai bonne mémoire, dans le fatras inédit de David Clément.

Le curé gémit, cette fois, fort intelligiblement, se leva tout ému de sa chaise, et se pencha sur Théodore pour lui faire nettement comprendre, sans ambages et sans équivoques, qu'il était atteint au dernier degré du typhus des bibliomanes, dont il est parlé dans le *Journal des Sciences médicales*, et qu'il n'avait plus à s'occuper d'autre chose que de son salut.

Théodore ne s'était retranché de sa vie

sous cette impertinente négative des incrédules qui est la science des sots; mais le

cher homme avait poussé trop loin dans les livres la vaine étude de la lettre, pour prendre le temps de s'attacher l'esprit. En plein état de santé une doctrine lui aurait donné la fièvre, et un dogme le tétanos. Il aurait baissé pavillon en morale théologique devant un saint-simonien. Il se retourna vers la muraille.

Au long temps qu'il passa sans parler, nous l'aurions cru mort, si, en me rapprochant de lui, je ne l'avais entendu sourdement murmurer : — Un tiers de ligne! Dieu de justice et de bonté! mais où me rendrez-vous ce tiers de ligne, et jusqu'à quel point votre omnipotence peut-elle réparer la bévue irréparable de ce relieur?

Un bibliophile de ses amis arriva un instant après. On lui dit que Théodore était agonisant, qu'il délirait au point de croire que l'abbé le Mascrier avait fait la troisième partie du monde, et que depuis un quart d'heure il avait perdu la parole.

— Je vais m'en assurer, répliqua l'amateur. — A quelle faute de pagination reconnaît-on la bonne édition du *César* elzévir de 1635? demanda-t-il à Théodore.

— 153 pour 149.

— Très bien. Et du *Térence* de la même année?

— 108 pour 104.

— Diable! dis-je, les Elzévirs jouaient de malheur cette année-là sur le chiffre. Ils ont bien fait de ne pas la prendre pour imprimer leurs logarithmes!

— A merveille! continua l'ami de Théodore. Si j'avais voulu écouter ces gens-ci, je t'aurais cru à un doigt de la mort.

— A un tiers de ligne, répondit Théodore, dont la voix s'éteignait par degrés.

— Je connais ton histoire, mais elle n'est rien auprès de la mienne. Imagine-toi que j'ai manqué, il y a huit jours, dans une de ces ventes bâtardes et anonymes dont on n'est averti que par l'affiche de la porte, un Boccace de 1527,

aussi magnifique que le tien, avec la reliure en vélin de Venise, les *a* pointus, des témoins partout, et pas un feuillet renouvelé.

Toutes les facultés de Théodore se

concentraient dans une seule pensée :

— Es-tu bien sûr au moins que les *a* étaient pointus?

— Comme le fer qui arme la hallebarde d'un lancier.

— C'était donc, à n'en pas douter, la *vintisettine* elle-même!

— Elle-même. Nous avions ce jour-là un joli dîner, des femmes charmantes, des huîtres vertes, des gens d'esprit, du vin de Champagne. Je suis arrivé trois minutes après l'adjudication.

— Monsieur, cria Théodore furieux, quand la *vintisettine* est à vendre, on ne dîne pas!

Ce dernier effort épuisa le reste de vie qui l'animait encore, et que le mouvement de cette conversation avait soutenu comme le soufflet qui joue sur une étincelle expirante. Ses lèvres balbutièrent cependant encore : — Un tiers de ligne! mais ce fut sa dernière parole.

Depuis le moment où nous avions renoncé à l'espoir de le conserver, on avait

roulé son lit près de sa bibliothèque, d'où nous descendions un à un chaque volume qui paraissait appelé par ses yeux, en tenant plus longtemps exposés à sa vue ceux que nous jugions les plus propres à la flatter.

Il mourut à minuit, entre un Du Seuil et un Padeloup, les deux mains amoureusement pressées sur un Thouvenin.

Le lendemain nous escortâmes son

convoi, à la tête d'un nombreux concours de maroquiniers éplorés, et nous fîmes sceller sur sa tombe une pierre chargée de l'inscription suivante, qu'il avait parodiée pour lui-même de l'épitaphe de Franklin.

CI-GIT
SOUS SA RELIURE DE
BOIS, UN EXEMPLAIRE IN-
FOLIO DE LA MEILLEURE ÉDITION
DE L'HOMME, ÉCRITE DANS UNE
LANGUE DE L'AGE D'OR QUE LE
MONDE NE COMPREND PLUS
C'EST AUJOURD'HUI UN
BOUQUIN GATÉ, MA-
CULÉ DÉPAREILLÉ,
IMPARFAIT DU FRONTIS-
PICE, PIQUÉ DES VERS ET
FORT ENDOMMAGÉ DE POUR-
RITURE. ON N'OSE ATTEN-
DRE POUR LUI LES HON-
NEURS TARDIFS ET
INUTILES DE LA
RÉIMPRESSION.

IMPRIMERIE GÉNÉRALE LAHURE

9, RUE DE FLEURUS, 9

PARIS
IMPRIMERIE GÉNÉRALE LAHURE
9, RUE DE FLEURUS, 9

www.ingramcontent.com/pod-product-compliance
Ingram Content Group UK Ltd.
Pitfield, Milton Keynes, MK11 3LW, UK
UKHW021218230726
13926UKWH00003B/1099